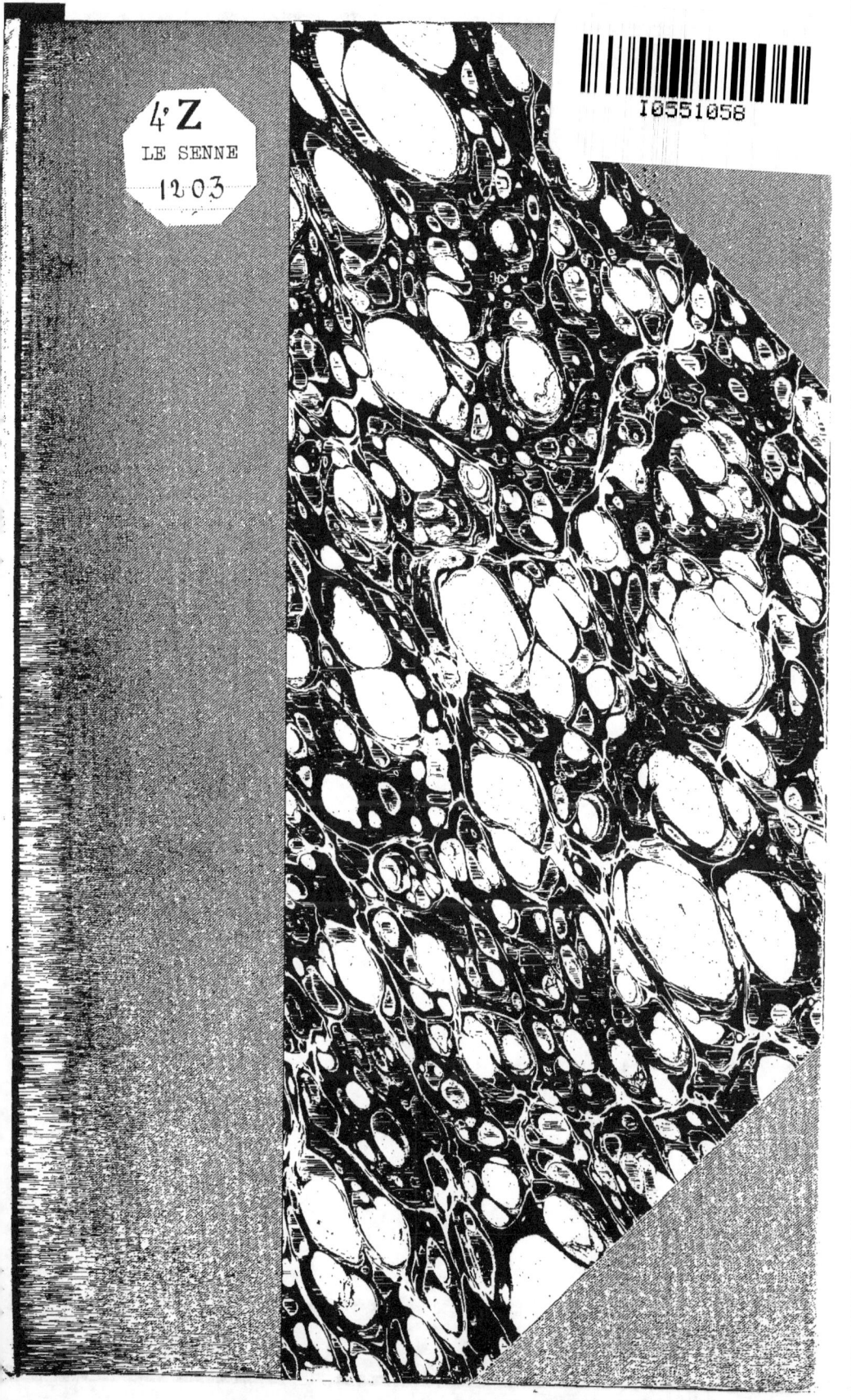

LES BOITES
A QUATRE SOLS

PAR

M. JOANNIS GUIGARD

DE LA BIBLIOTHÈQUE IMPÉRIALE.

PARIS

LIBRAIRIE BACHELIN-DEFLORÉNNE
3, QUAI MALAQUAIS, 3,
Au premier, près de l'Institut.

1866

LES BOITES

A QUATRE SOLS

Extrait du *Bibliophile français*.

Tiré à 50 exemplaires.

Paris. — Imprimé chez Bonaventure et Ducessois,
quai des Augustins, 55.

LES BOITES
A QUATRE SOLS

PAR

M. JOANNIS GUIGARD

DE LA BIBLIOTHÈQUE IMPÉRIALE.

PARIS

LIBRAIRIE BACHELIN-DEFLORENNE

3, QUAI MALAQUAIS, 3,

Au premier, près de l'Institut.

1866

LES

BOITES A QUATRE SOLS

I

Ils ne sont plus, ces temps, ces heureux temps de la biblio-
manie, où chaque jour, du fond poudreux des boites qui
émaillent les parapets de nos quais, on voyait surgir d'inap-
préciables trésors.

> Adieu! panier, vendanges sont faites.

Aujourd'hui, tout bouquiniste bien appris est armé de son
Brunet, de son Quérard et de son Barbier, ces titans de la
bibliographie. Le moindre volume, la plus petite plaquette, la
plus légère follicule est connue; sa valeur vénale même est
cotée dans les catalogues : c'est désespérant. Plus d'imprévu,
plus de ces découvertes, plus de ces éditions *princeps* qui fai-

saient rougir de bonheur la candide figure du bibliomane. Oh! *boîtes à quatre sols*, que d'illustres personnages n'a-t-on pas vu rôder autour de vous, fouiller avec une agitation fiévreuse vos flancs pressés, l'œil en feu, haletant comme Faust à la recherche de l'absolu! C'est en vain que vos étiquettes essayent encore d'attirer le passant par la modicité du chiffre : peine perdue! Les vrais connaisseurs semblent vous dédaigner.

Nous n'irons plus au bois.

Maintenant, la mode, qui, en cela comme en tout autre chose, exerce sur les humains un souverain empire, la mode, dis-je, est de se porter aux ventes publiques. C'est là que l'on trouve parfois quelque *bon coup* à faire. Consultez sur ce point le plus ardent bibliophile qui oncques exista sur notre globe terraqué, Théopompe de Baudricourt, il vous en dira des nouvelles; lui seul pourra dûment vous renseigner. C'est le génie de la salle Sylvestre. Sa présence donne la chair de poule aux Potier, aux Aubry, aux Bachelin-Deflorenne, aux Techener et à tous ces fins libraires qui, à distance, vous dénichent une rareté bibliographique enfouie sous des monceaux de bouquins. Il faut le voir, lorsqu'il pousse un livre! Le regard fixe, la contenance ferme, le geste digne, le visage calme et la voix grave, il magnétise le crieur, fascine l'officier ministériel, intimide le plus terrible enchérisseur. Aussi « les beaux livres de haulte « gresse, légiers au porchaz et hardis à la rencontre » volent à lui comme à une vieille connaissance : les Aldes, les Elzevirs, les Estiennes, les Foulis, les Wolfgangs, les Fricx, les Sambix, etc., prennent gaiement le chemin de sa bibliothèque.

N'essayez pas de lui disputer une lettre autographe de Bossuet :
son œil bleu si doux arriverait au rouge sombre, en passant
par toute la gamme du spectre solaire. Oh! alors, je ne ré-
ponds plus de rien.

II

L'amour des livres, « la plus délicieuse chose du monde
après les femmes, les fleurs, les papillons et les marionnettes; »
la plus innocente des distractions que l'on connaisse, la seule
qui ne laisse aucune amertume au cœur, arrive souvent par
degrés insensibles à un état d'exacerbation impossible à dé-
crire : c'est alors une monomanie étrange, furieuse, sans
trève, sans merci. Tout en flânant et rêvant les pieds dans la
boue, la tête dans les cieux, vous laissez négligemment tomber
du haut de l'Empyrée votre regard sur un tout petit volume,
un in-32. Il est joli, coquet, mignon; les marges sont intactes,
les caractères purs, la reliure élégante et fine : pour peu que
le beau ait effleuré votre front, à votre insu, l'instinct de la
possession se réveille aussitôt. « Bah! dites-vous, c'est si peu
de chose! » Prenez-y garde! Mettez le bout de votre doigt dans
l'engrenage d'une machine, tout votre corps y passera; une
fois empoigné par sa mâchoire de fer, elle ne vous rendra que
tordu, broyé, moulu. Qui ne se souvient de ce petit homme
aux formes grêles, à la physionomie spirituelle et douce, coiffé,
été comme hiver, d'un feutre gondolé, déambulant le long des
parapets « d'un pas tranquille et lent, » appuyé sur son éternel

parapluie en tulipe et enveloppé d'une lévite mordorée à laquelle il avait fait adapter des poches, véritables gouffres, où
disparaissaient les in-folio avec la rapidité d'une muscade entre les doigts de Robin! Henri Boulard, puisqu'il faut le nom-
mer, était un érudit distingué. Il commença comme tout bibliophile commence, c'est-à-dire par les œuvres immortelles
de nos auteurs classiques anciens et modernes, français, grecs
et latins; après, il voulut les auteurs étrangers; ensuite, il
rechercha les éditions les plus complètes; puis il ambitionna
les chefs-d'œuvres typographiques; puis les livres à grandes
marges; puis ceux avec témoins, puis les rarissimes, puis les
incunables. Un beau jour, il se leva saisi par la fièvre de la reliure : Thouvenin, Bozérian, Simier, Beauzonnet, Capé dan-
saient une sarabande infernale dans son cerveau. Il ne voyait
plus, dans son délire, que tranches dorées, filets, petits fers,
dentelles, tabis rose ou bleu, maroquin rouge, vert, citron;
cuir de Russie; veau fauve, veau brun, veau multicolore.
La maladie croissant, le digne homme achetait pour acheter.
Dès lors, plus de choix; il prenait les livres au quintal, au
mètre cube. Des personnes dignes de foi pourront encore
attester qu'un matin il acheta en bloc plusieurs charretées de
bouquins. Il aurait voulu que le monde ne fût qu'un seul livre
pour avoir le bonheur de l'acquérir. A sa mort, on trouva
dans six maisons, à lui appartenant, six cent mille volumes
empilés avec la régularité de l'*opus reticulatum* des anciens. On
en a vu, de ces bonnes gens, mourir de consomption d'avoir
manqué, dans une vente, l'ouvrage complétant leur collection;
d'autres, traverser les mers pour couvrir d'or des bouquins
qui moisissaient depuis longues années dans les boîtes à qua-

tre sols du quai de la Tournelle. Le type Bablin, tracé de
main de maître par M. Newil, dans ses charmants contes[1], est
de la plus exacte vérité.

Il y aurait un gros volume à faire avec toutes les excentricités
vraies ou fausses attribuées à ces effrénés bibliophiles : permis
d'en rire. Pour nous, les grandes passions nous ont toujours
trouvé sérieux : *Præmonendum est, insanire illos, qui rei bibliothe-
cariæ studium vituperant et dissuadent*[2]. Placez ce modeste, cet
humble bibliomane dans les affaires publiques, dans le mouvement des arts et des sciences, vous aurez Mirabeau, Michel-Ange
ou Cuvier. On ne saurait croire tous les services que ces cher-
cheurs passionnés ont rendus aux travailleurs! Qui sait si l'un
d'eux, nouveau Christophe Colomb, n'arrivera pas à découvrir
le livre sibyllin renfermant l'exégèse du monde! Du reste, de
tout temps, la bibliophilie, si je puis m'exprimer ainsi, a été la
manie des gens d'esprit : les délicats comme les forts ont
toujours eu pour les livres un goût particulier. Ce goût, qui
n'était autrefois que le partage de quelques-uns, tend de plus
en plus à se répandre. Une société qui aime les livres est loin
de tomber en décadence; c'est, au contraire, le signe le plus
manifeste de son développement moral et intellectuel, et nous
devons reconnaître que jamais, en aucun temps, on ne s'est
plus occupé de livres que maintenant. Chacun forme sa collection : chacun rassemble avec ardeur les produits de la pensée humaine; chacun veut avoir autour de soi ces morts toujours vivants qui, comme des points lumineux, éclairent

1. *Bibliothèque des chemins de fer.* Hachette, 1854, in-18.
2. *Morhofius, polyhistor. litter.* T. I, livre I, page 44. Lubeccæ, 1717,
in-4.

l'humanité dans sa course vers sa fin à travers les ténèbres de l'inconnu :

Et quasi cursores, vitai lampada tradunt.

III

Toutes ces réflexions nous montaient doucement au cerveau, comme le bouquet parfumé d'un vin de la comète, à la lecture d'un charmant volume intitulé : *Voyages littéraires sur les quais de Paris*[1]. L'auteur, M. A. DE FONTAINE DE RESBECQ, n'est pas, à proprement parler, un bibliomane : c'est un amateur instruit, un connaisseur habile. En se promenant autour des *boîtes à quatre sols*, dont nous venons de parler, il s'est composé, et à peu de frais, une des plus curieuses bibliothèques qui se puissent voir : son ouvrage en est la description.

L'abbé Trublet, ce *bonhomme* qui *compilait, compilait*, et qui, malgré la satire du *Pauvre diable*, ne manquait pas de sens littéraire, disait :

Il y a longtemps qu'on crie contre la multitude des livres; mais on convient aussi, et il est comme passé en proverbe qu'il y en a point où il n'y ait quelque chose de bon. Il serait donc à souhaiter qu'on en supprimât les trois quarts après en avoir extrait ce qui méritait d'être conservé. Ce serait un très-curieux livre, s'il était bien fait, que celui qui aurait pour titre : *Extrait des livres qu'on ne lit point*. Mais qui entreprendra un pareil travail[2]?

M. de Resbecq, par son amour profond du bouquin, l'a en-

1. Paris, Furne, 1864, in-18.
2. *Essai sur divers sujets de littérature*, 1735, p. 6.

trepris, ce travail, et l'a réalisé, du moins en ce qui touche sa bibliothèque. Son œuvre se divise en deux parties. Dans la première, appelée *Voyages littéraires*, avec un style d'une tranquille harmonie, où l'homme du monde se décèle à chaque phrase, il vous initie.à toutes les joies, à toutes les émotions du bibliophile heureux. Dans la seconde, *Mélanges tirés de quelques bouquins de la boîte à quatre sols*, après une analyse rapide, il fait sur tous ses livres des remarques neuves et savantes, jointes à de précieuses indications bibliographiques, le tout entremêlé d'anecdotes pleines d'humour et de sel. Cette partie est, en quelque sorte, un véritable cours de littérature sur des ouvrages à peu près oubliés, ou peu connus aujourd'hui, et qui pourtant méritaient un meilleur sort. Si chacun à part soi agissait ainsi que M. de Resbecq, le vœu de l'abbé Trublet serait bientôt rempli.

C'est une singulière inquiétude d'esprit que l'amour des voyages, dit Alphonse Karr, et les voyageurs, d'étranges gens qui s'en vont à de grandes distances et à grands frais pour voir des *choses nouvelles* sans avoir pris la peine de regarder à leurs pieds, où se passent tant de choses extraordinaires et aussi inconnues qu'on le puisse désirer [1].

Sans quitter Paris, sans abandonner vos pénates, vous pouvez exécuter le plus intéressant et le plus instructif des voyages. Renfermez-vous à triple tour dans votre cabinet, tirez les rideaux et allumez votre bougie; puis ouvrez délicatement le livre de M. de Resbecq : les merveilles vont naître, non sous vos pas, mais sous vos yeux charmés. Tenez, voici tout d'abord un

---

1. *Voyage autour de mon jardin.*

Abraham Wolfgang, un bijou, une rareté : ce sont les œuvres
de Boileau. Cette édition contient la fameuse satire contre les
fumeurs, longtemps attribuée au régent du Parnasse : on ne
prête qu'aux Crésus. M. de Resbecq partage l'opinion de l'auteur anonyme de cette satire sur le tabac ; il va presque jusqu'à demander la suppression radicale de ce défaut, si c'en est
un, qui a plus fait pour la civilisation que toutes les philoso-
phies présentes et futures. La pipe, c'est le trait d'union entre
l'Orient et l'Occident : tous les fumeurs sont frères. Devant le
tabac, les barrières tombent, les frontières s'abaissent, les dé-
marcations géographiques et politiques s'effacent, et les dis-
tinctions sociales s'évanouissent : il n'y a plus qu'un seul peu-
ple au monde. Plus heureux que la charte, le tabac est devenu
une incontestable, vérité : aveugle qui ne la voit pas ! Les
dynasties passent, mais le tabac reste ; chaque révolution est la
consécration de cet axiome qui a échappé jusqu'à ce jour à
l'œil de tous nos hommes d'État. L'une des plus précieuses
conquêtes de Février, et à laquelle notre nation trop oublieuse
n'a pas assez fait attention, c'est la liberté de fumer dans les
jardins publics. Révolution de Février, je te salue ! grâce à toi,
et avec la dignité d'un homme qui a la conscience de ses droits,
je brûle négligemment mon démocratique bordeaux à l'ombre
des arbres séculaires du Luxembourg et des Tuileries :

> Petit cigare à robe grise,
> Humble et terne comme un grillon [1].

que de douces heures j'ai passées sous l'influence de ton éni-

---

1. Paroles de Liorat, musique de Javelot.

vrant narcotique! Que de nobles sentiments, que d'idées fan-
tastiques et flamboyantes jaillirent de ton corps fluet! que de
fois j'ai vu les cieux à travers l'azur de ton odorante fumée!
Point de transaction : le tabac est l'ami de l'homme.

IV

Sur ce point, monsieur de Resbecq, je m'éloigne de vous;
mais ce qui nous rapproche presque aussitôt, c'est le *Pastissier
françois*. Charles Nodier en raffolait; c'est, en effet, le bouquin,
sinon le plus précieux, du moins le plus couru de tous les col-
lectionneurs. Dans les ventes, le prix de cet *Elzevir* s'élève par
fois jusqu'à cinq cents francs. Et c'est dans les boîtes à quatre
sols que M. de Resbecq a déterré ce phénix bibliographique!

Quel est, me dit-on, l'édition elzevirienne la plus précieuse?
Est-ce le *Virgile* de 1636, le *César* de 1635, l'*Imitation* sans date;
ou bien plutôt ne serait-ce pas la *Sagesse de Charon* de 1646, ou le
Comius de 1648? Non, suis-je obligé de répondre; toutes ces jo-
lies éditions doivent céder le pas à un joli petit bouquin assez
mal imprimé, qui a pour titre : *le Pastissier françois*, et dont presque tous les exemplaires ont dû nécessairement périr sous la
main onctueuse des honnêtes artisans qui on ont fait usage [1].

Bref, il est laid, mais rare!

1. Brunet. *Manuel du libraire.*

V

Continuant notre voyage, nous trouvons les œuvres de Saint-Amant, édition de 1646. Ce n'est pas la plus recherchée, ni la plus ancienne pourtant, mais elle se recommande par sa correction et son exécution typographique. Personne n'ignore que la première édition des œuvres de ce poëte parut en 1629, in-4. La plus récente, et en même temps la plus complète que nous ayons, a été donnée par M. Ch.-L. Livet, en 1855, dans la charmante collection elzévirienne de Jannet, accompagnée de notes extrêmement estimées. Sans nul doute, si nous avions à faire un choix, nous prendrions cette édition. Ce n'est pas que nous partagions, pour cet auteur, l'intérêt que de nos jours quelques écrivains, et des plus distingués, lui ont accordé. Non. Aujourd'hui, l'on a ce qui s'appelle la manie des réhabilitations; on essaye de faire revivre les morts, tout en laissant mourir les vivants. Pour nous, Saint-Amant, nous le disons hautement, malgré son esprit, sa verve et son coloris, — nous sommes bon prince, — sera toujours un poëte sans élévation, sans but et sans portée; il restera toujours, pour nous, au rang où Boileau l'a justement placé. MM. Philarète Chasles, Théophile Gautier et Ch.-L. Livet, ont publié sur l'auteur du *Moïse sauvé* des études écrites et pensées comme tout ce qu'ils écrivent et pensent, et Saint-Amant n'en reste pas moins tout aussi oublié après qu'avant. On a beau faire, beau dire et beau écrire, on ne ressuscite pas les morts. Ceux

qui tombent sous les coups de l'injustice, de l'ignorance ou de
la force, un jour ou l'autre se relèvent; mais ceux que le ridi-
cule a cloués dans la poussière ne se relèvent jamais. Saint-
Amant, du reste, pendant sa vie, n'eut pas le moindre contradic-
teur : son existence fut, en quelque sorte, un long triomphe,
et il put bien croire que son nom brillerait jusque dans la pos-
térité la plus reculée. L'Académie française l'accueillit avec
empressement; il fut aimé et recherché des plus grands sei-
gneurs; honoré, considéré et renté des principales cours de
de l'Europe; il avait, en outre, des amis nombreux et chauds
préconisant haut et loin son talent sans pareil, sa muse à nulle
autre seconde; on chantait ses mérites sur tous les tons.

> Saint-Amant sait polir la rime,
> Avec une si douce lime,
> Que son luth n'est pas plus mignard.

Théophile Viaud, dans ces vers, n'est qu'un faible écho
de tout le bruit qui se faisait autour de Saint-Amant. Cette espèce de vogue se maintint encore longtemps après sa mort, et
lorsqu'au nom de la raison outragée et du bon sens méconnu
Boileau lançait ce coup de férule, moins au poëte peut-être
qu'à l'esprit du moment :

> N'imitez pas ce fou qui, décrivant les mers,
> Et peignant au milieu de leurs flots entr'ouverts
> L'Hébreu sauvé du joug de ses injustes maîtres,
> Met pour les voir passer les poissons aux fenêtres.

Cotin, Desmarets, Saint-Sorlin, Chapelain, Colletet, Bonne-
corse, et autres « grands écrivains de même force, » qui te-

naient **alors** si fièrement le haut du pavé, se liguèrent contre le critique incommode. L'orage fut terrible; mais Boileau, avec la ténacité que donne le sentiment profond du vrai, résista, et ce sera son éternelle gloire que sa lutte opiniâtre, persévérante, contre le faux goût de son siècle. Il purgea la langue de ce *concettisme* italien et de ce *gongorisme* espagnol qui envahissaient les lettres françaises, et dont le grand Corneille lui-même ne fut pas tout à fait exempt.

De tous ces faux brillants l'éclatante folie,

avec Saint-Amant, disparut sans retour sous le fouet du satirique.

Soyons équitables envers ces enfants perdus des lettres, ces victimes de Boileau, comme on les appelle; tenons-leur compte du milieu dans lequel ils ont vécu. Entourés d'éléments hétérogènes, mobiles, changeants, singuliers, bizarres, il ne faut guère s'étonner s'ils ne purent graviter vers les sublimes régions de l'harmonie; s'ils n'ont eu au fond de leurs cœurs ce précieux sentiment de l'infini sans lequel toute œuvre d'art est frappée de stérilité. Ce qui, à la rigueur, pourrait encore les rappeler à notre souvenir, c'est qu'ils répercutent dans leurs écarts le caractère de leurs sociétés. Celle où s'agitait Saint-Amant était turbulente, frivole, légère, guindée, pleine d'extravagances, de fatuité et d'affectations. Si nous ne le savions pas, ses vers nous l'apprendraient; ne lui demandons rien de plus.

Il ressort de là un grand enseignement : que vous teniez un ciseau, une plume ou un crayon; que vous animiez la chair marpésienne, que vous fixiez sur les pages d'un livre les mouvements de votre âme, ou que vous arrêtiez sur la toile un rayon de soleil, si votre seul but est de flatter la foule, de satisfaire le caprice ou la frivolité ; si rien de moral, d'utile et d'élevé ne se manifeste de vos conceptions ; si, en un mot, le juste, le vrai, le beau n'ont pas été l'objet constant de vos efforts, vous pourrez peut-être acquérir une certaine célébrité ;

> Mais tôt ou tard de son aile implacable
> Le temps viendra souffleter votre nom.

VI

Des vers à la prose, il n'y a qu'une enjambée ; aussi nous voilà-t-il en plein dans les *États de la France*, de J. Besongne. M. de Resbecq ne cite que l'année 1663. Suivant le P. Ange, cette collection, si recherchée aujourd'hui à cause des renseignements nombreux et curieux qu'elle fournit sur les coutumes et les cérémonies de la cour et sur les principales familles du royaume, remonterait jusqu'en 1644. Malgré toutes nos recherches à cet égard, nous n'avons pu cependant vérifier le fait, ni en trouver la trace, soit dans les catalogues, soit dans les bibliographies. A notre sens, les *États de la France* ne commenceraient qu'à partir de l'année 1648, et en voici pour ainsi dire la filiation complète : Années 1648, 1650, 1653, 1658, par Jean Pinsson de la Martinière ; années 1651, 1653, par de la Lande ; années 1652, 1654, par Antoine Marchais ; années 1654,

1656, par L. du Verdier; années 1661 à 1698, par J. Besongne;
années 1699, 1702, 1708, 1712, 1718, par Louis Trabouillet;
année 1722, par le P. Ange; années 1727, 1736, par le P. Sim-
plicien; années 1749, 1752, par Jalabert, Pradier et Bar; années
1789, 1791, par Waroquier de Combles. Là s'arrête définiti-
vement cette collection : la France alors faisait peau neuve.

VII

Avant que cette vieille France ne soit complétement trans-
formée, dépêchons-nous d'abord *la Vie de monsieur le duc
de Montausier*, par le P. Petit, 1729, in-12. Cet ouvrage nous a
rappelé celui de M. Roux : *Montausier, sa vie et son temps*. Nous
avons voulu lire et comparer ces deux productions. Eh bien,
le dirons-nous? nous préférons encore celle du P. Petit; non
que celle de M. Roux ne soit sagement pensée et honnêtement
écrite, mais parce que, paraissant à notre époque, elle aurait
dû nous donner quelques renseignements nouveaux sur le caractère et l'esprit de cet homme dont le nom, depuis près de
deux cents ans est en possession, avec ou sans raison, du qua-
lificatif de *vertueux*. Le Montausier de M. Roux, le Montausier
de l'abbé Petit, le Montausier de Fléchier, le Montausier de M. de
Resbecq, est toujours le même Montausier, celui de la tradition.
Ce Montausier-là nous est connu; mais est-il bien vrai? C'est ce
qu'il fallait examiner. Un élève de l'École des chartes, M. Léon
Aubineau, par la publication des fragments inédits des *Mé-*

moires de Dubois[1], a jeté quelques lueurs sur cette figure, qui tourne à la légende. A l'aide de ces fragments, l'on pourra, sans trop de difficulté, démêler le vrai Montausier, *cet esprit de travers*, comme l'appelle madame de Longueville, du milieu de ce concert d'éloges soufflés par la flatterie et grossis par le temps.

On ignore à quelle époque Dubois, écuyer, sieur de Lestournière, gentilhomme servant et valet de chambre du roi, entra en fonction. Quoi qu'il en soit, sa position à la cour, la considération dont il jouissait, l'estime particulière qu'avait pour lui Louis XIV, donnent un certain caractère d'authenticité à tous les faits qu'il enregistre avec exactitude, et qu'il raconte avec bonhomie. Nous ne citerons de ces *Mémoires*, bien entendu, que ce qui a trait à Montausier, touchant l'éducation du dauphin. Si l'on en juge d'abord par les résultats, cette éducation ne serait pas trop à la louange de leurs auteurs. Au lieu de produire une merveille, elle n'aboutit, en fin de compte, qu'à une infirmité. Nous faisons la part des obstacles que dut leur opposer la nature indolente, paresseuse, apathique du dauphin : c'était là la difficulté; ils ne surent pas la lever. En voulant redresser le fourreau, ils brisèrent la lame. Tout système d'éducation doit se modifier d'après le caractère du sujet; la grande erreur, c'est de vouloir appliquer un système invariable à toute une série d'individus différents par leur manière d'être et morale et intellectuelle. D'ailleurs, est-ce que les enfants peuvent comprendre qu'à leur âge ils doivent pâlir, sécher, se recroqueviller sur *rosa*, eux dont la vie surabonde, s'ex-

1. *Bibliothèque de l'Ecole des chartes*, tome IV, deuxième série.

travase dans l'action et le mouvement, et qui ne respirent que
pour s'esbaudir entre l'émeraude des prés et l'azur du ciel ! Ces
idées si simples ne purent leur venir en tête. De là cette espèce de conflit entre l'élève et les maîtres sur lequel le récit
tout nu du fidèle Dubois va nous édifier. Le dauphin entrait
alors dans sa dixième année; le président Périgny est mort,
Bossuet lui a succédé, et Montausier continue son rôle d'*exécuteur des hautes œuvres*, comme il s'intitule lui-même.

Le 14 (juillet 1671), il continua ses bains et à l'ordinaire on le
pressa pour ses leçons au point qu'en entrant dans son lit on le
fit habiller... Il luy prit une foiblesse... il tomba entre mes bras...
il revint. Le voyant en cet estat, je dis à M. de Montausier et à
ceux quy estoient là que j'allois raccommoder son lit et qu'il
falloit l'y remettre. Le lit raccommodé, ils se mocquèrent de moy
et me dirent que je ne connoissois pas le Dauphin, et que tout ce
que je voyois n'estoit que pour éviter les estudes, et l'y poussè-
rent, et ne luy firent non plus de quartier que les autres jours,
Néanmoins, il se trouva mal tout le jour.

On avait commencé le 1ᵉʳ juillet, et le 14 le pauvre enfant
éprouvait déjà des défaillances physiques et morales sous la
pression du pesant Montausier; mais n'anticipons pas.

Le 29... Monseigneur me fit l'honneur de me dire : « Dubois,
pendant votre absence, M. de Montausier m'a donné un si grand
coup de férule par le bras que je l'ay encore tout engourdy. Il me
maltraite si fort qu'il n'y a plus moyen de durer. »
Le samedy 1ᵉʳ août, Monseigneur mouroit de soif dans sa seconde estude; l'on ne vouloit point lui donner à boire.
Le mardi 4, au matin, à l'estude, M. de Montausier le battit de
quatre coups de férulles cruelles au point qu'il estropioit ce cher
enfant. L'après-dînée fut encore pire. Point de collation, point de

promenade, et le soir, comme la planète cruelle dominoit toujours l'esprit de M. de Montausier, au prier Dieu, où estoit tout le monde à l'ordinaire, ce précieux enfant disoit l'oraison dominicale en françois; il manquoit ung mot. M. de Montausier se jeta dessus luy à coups de poing de toute sa force, je croyois qu'il l'assommeroit. M. de Joyeuse dit seulement : « Eh! monsieur de Montausier. » Cela fait, il le fit recommencer, et ce cher enfant fit encore la mesme faute, quy n'estoit rien, M. de Montausier se leva, luy prit les deux mains dans sa droite, le traîna dans le grand cabinet, où il faisoit ses estudes, et là luy donna cinq férulles de toute sa force dans chacune de ses belles mains. C'estoient des cris espouvantables que faisoit ce cher enfant... (Le lendemain), chose admirable! j'approchois de ce cher maître, qui me dit : « Duboys, j'ay demandé à Dieu de tout mon cœur, pardon des faultes que je fis hier. » Et il me montra ses mains violettes et quatre ou cinq meurtrissures au bras gauche des férulles et des coups de poing qu'il avait reçus et dont il a porté les marques au bras jusques à Versailles, ung mois après. Ce quy sauva la vie à ce cher enfant, ce fut ung corps piqué de balleines pour luy tenir la taille ferme, quy para les coups de poing de la force et de la colère de M. de Montausier.

Le 23 aoust, il y eut différend entre Monseigneur et M. de Condòm (Bossuet) ... A peu de temps, M. de Montausier arriva M. de Condom luy ayant dit ce quy s'estoit passé, M. de Montausier luy dit : « Monsieur, vous pouvez tout; pour moy, je ne suis que l'exécuteur des hautes œuvres... » Comme il estoit interdit des menaces qu'on venoit de luy faire, il ne répondit pas au gentilhomme et reçut une ou deux férulles, et encore une autre dans la leçon, et au soir deux. Et il estoit toujours gourmandé et traité de *fripon* et de *gallopin*.

Le 24, Monseigneur eut un hocquet tout le jour, et je fis tout mon possible pour luy donner à boire. On lui rompit encore son thème, et il fut battu, et il ne but qu'à la fin, à force que j'en eusse prié...

Les 25, 26, 27 et 28, toutes journées fâcheuses, à toutes des férulles, et les autres ne furent pas plus heureuses.

Le 29, Monseigneur allant commencer l'estude du matin, M. de Montausier luy présenta deux lignes escrites en latin, et aussitost, ce cher enfant n'ayant pas eu seulement le temps de les considérer, M. de Montausier lui dit : « Vous ne les expliquez pas. » Et lui donna devant tout le monde deux rudes férulles, et puis commanda que tout le monde sortit. Monseigneur, quy cognoist son monde, vit bien qu'il n'en scroit pas quitte pour cela et disoit tout pleurant. « Eh! Monsieur, je vous demande pardon. » Tout cela ne fit rien ; il luy donna encore deux espouvantables férulles, et défense de pleurer et ordre d'estudier. Tout le reste de la leçon fut rude...

Le premier jour de septembre, mardy, les leçons ne furent pas fort douces.

Le 6, aux leçons, férulles sempiternelles.

Le 7, les leçons à l'ordinaire, toujours battu.

Le 8 et le 9, tout de mesme. Ce dernier jour, M. de Montausier estant party pour Paris, ce cher enfant... tesmoigna quelque joie... M. de Montausier revint et luy donna trois férulles, et puis partit.

Le 11, les leçons furent à l'ordinaire très-rudes. Le soir, trois férulles...

Le 12, le 13, le 14, même batterie.

Le 15, il y eut trois férulles.

Le 18, il eut trois férulles, et, voulant donner la quatrième, M. de Montausier donna sur un coing de table et y rompit la férulle...

Le 21, férulles le matin et le soir.

Le 22, férulles au matin.

Le 25 au matin, M. de Montausier luy donna une très-rude férulle au point que Monseigneur avoit la main enflée, douloureuse et tremblante, qu'il ne pouvoit achever ny continuer son thème...

Ce qui précède, comme on dit, n'a pas besoin de commentaire. Chacun peut par là se faire une idée de ce que vaut l'épithète de *vertueux* accolée au nom de Montausier. En la traduisant par emporté, violent, brutal, nous serions assez près de la vérité. Et puis, en général, sous Louis XIV le mot vertueux avait un sens voisin de celui de complaisant. M. et madame de Montausier, si les mémoires contemporains sont dignes de foi, avaient, en effet, pour le grand roi, de ces complaisances qu'en bonne société il n'est plus permis de qualifier aujourd'hui. Madame de Montespan aurait pu nous en dire quelque chose.

VIII

Parler de Montausier sans dire quelques mots de Huet serait une irrévérence grande. L'illustre évêque d'Avranches, lui aussi, fut un des sous-précepteurs du dauphin, et avec Montausier et Bossuet il contribua à la publication des ouvrages *ad usum Delphini*, chefs-d'œuvre de correction et de typographie : l'éducation du dauphin a eu au moins cela de bon. Parmi ses nombreux ouvrages, on remarque particulièrement un tout petit volume intitulé : *Huetiana*, dont M. de Resbecq a eu le rare bonheur de trouver l'édition originale. « L'*Huetiana*, dit-il, se distingue « des recueils de ce genre en ce que tout ce qui s'y trouve « est plein d'urbanité et de véritable érudition. » L'abbé d'Olivet le publia, ce qui est connu ; mais ce qui l'est moins, c'est la lettre qu'il écrivit à ce sujet au président Bouhier. En voici un extrait :

Vous savez la mort de M. Huet Depuis plus de douze ans, il ne lui restoit qu'un phantôme de vie; mais enfin, comme il ne souf-froit pas, on étoit charmé de le voir respirer. Il m'a donné une marque précieuse de son amitié. Sur la fin de l'été dernier, il m'envoya prier de passer chez lui; quand j'y fus, non-seulement il ne ressouvint point de m'avoir envoyé chercher, mais il croyoit n'avoir rien à me dire. J'y retournai quelques jours après, et m'étant assis à son chevet, je tâchai de lui réveiller l'imagination par des propos qui lui étoient familiers autrefois. J'y réussis. Je le tins deux bonnes heures très-gai et ayant toute sa présence d'esprit. Il se rappela ce qu'il me vouloit et me confia, en présence de son valet de chambre, un manuscrit qu'il me laissoit le maître de publier après sa mort et d'intituler : *Huetiana*, le seul titre qui lui convienne. C'est un recueil de réflexions de toute espèce; la crainte que de sottes gens ne fissent un faux *Huetiana* lui avoit fait prendre la précaution de le faire lui-même. Si je ne me trompe, c'est un de ses meilleurs ouvrages; il y a une infinité de bonnes choses; cela fera un assez gros in-12; le manuscrit est tout de sa propre main. Je ne me suis point encore vanté de ce présent pour n'avoir point affaire à ses héritiers, qui sont Nor-mans et qui auroient peut-être quelque chicane à me faire. Vous pouvez cependant, monsieur, le dire à votre cher P. Oudin, homme discret. Je prévois que je ne songerai point à faire paraître cet ouvrage avant la fin de l'été... [1].

L'abbé d'Olivet, qui avait un grand respect pour la mémoire de son ami, voulant obtenir au moins l'appui moral des con-naisseurs en faveur de l'*Huetiana*, s'adressa, entre autres, à J.-B. Rousseau. Le lyrique lui répondit :

Je voulois être en état de vous dire ma pensée sur le *Huetiana* que vous avez eu la bonté de m'envoyer et dont je vous remercie de tout cœur... Pour revenir au livre des *Pensées* de M. Huet, je

---

1. *Catalogue* de lettres autographes du cabinet de feu Parison N° 494.

crois qu'on pourroit en dire avec assez de justice ce que Martial disait du sien :

Sunt bona, sunt quædam mediocria, sunt mala plura.

« C'est un livre rempli de bon et de mauvais sens, mais qui cependant mérite d'être lu, et le public doit vous être obligé du présent que vous lui avez fait[2]. »

Le poëte ne semble pas partager tout l'enthousiasme du bon abbé pour l'*Huetiana*. En prose comme en vers, J.-B. Rousseau ne pouvait échapper à son démon épigrammatique. Le mot *présent* peut ici avoir une double entente ; et bien certainement le sens dans lequel l'abbé d'Olivet le prit ne fut pas celui sous lequel J.-B. Rousseau le donna.

IX

L'*Huetiana* nous mène tout naturellement à deux autres re- cueils de pensées : *les Conseils à une amie* et *les Caractères* de madame de Puisieux, l'un des écrivains les plus féconds de ce fécond dix-huitième siècle. De toutes ses œuvres, ce sont les seules qui aient flotté au-dessus de l'oubli. M. de Resbecq ne s'y est pas trompé. Cependant son admiration, quoique sincère, nous a paru timide. A notre sens, *les Caractères* et *les Conseils* contiennent, sur le cœur humain, des observations que n'au- rait pas désavouées l'auteur des *Maximes*. Nous placerions

2. *Œuvres choisies*, 1822, tome II, pages 259-260.

volontiers madame de Puisieux entre La Rochefoucault et
Vauvenargue, après lequel viendrait Huet. Ses réflexions sont
vives, nettes et pénétrantes; elles ont souvent la force de l'un
jointe au côté sentimental et féminin de l'autre; et puis la
forme a une certaine élégance que l'on ne trouve guère dans
les ouvrages de cette nature. Tout le monde sait que madame
de Puisieux précéda mademoiselle Volant dans le cœur de
Diderot, et que cette femme célèbre, à qui le fondateur de
l'*Encyclopédie* dédia le conte intitulé : *les Bijoux indiscrets*,
après une existence fort agitée, mourut inaperçue, en 1798.

X

Puisque nous sommes avec les dames, ne les quittons pas,—
la chevalerie nous le commande, — sans indiquer à « la plus
« belle moitié du genre humain » une œuvre littéraire, espèce
de journal qui, malgré son ancienneté, ne laissera pas que de
lui plaire encore; nous voulons parler de la *Bibliothèque des dames*,
Amsterdam, 1765. M. de Resbecq, avec son flair exercé, l'a sai-
sie pour ainsi dire au vol. C'est bien l'une des productions les
plus curieuses de sa curieuse collection. Bien certainement un
exemplaire en maroquin rouge devait se trouver dans le bou-
doir bleu de toutes les dames du quartier *Bréda* d'alors. L'a-
mour, l'art de plaire, la toilette visible ou occulte, les poésies
galantes en constituent le fonds principal. Il y a un chapitre
tout entier sur les perfections de la beauté; il y en a un aussi
où l'on traite, avec toute la gravité nécessaire en pareil cas, du

baiser, du baiser qui donne la vie, du baiser qui dût faire tressaillir la création tout entière, quand pour la première fois, chaste et pur, il descendit, brûlant, sur les lèvres frémissantes de la première femme! Mais le chapitre le plus singulier est, selon nous, celui qui a pour objet les *mouches.* Poser une *mouche* était d'une difficulté extrême; il fallait une longue pratique de la vie pour déterminer la partie du visage qui devait par cet ornement attirer l'œil et subjuguer un cœur. Comme tout ce qui appartient à la femme, il n'y avait à cet égard aucune règle fixe : les points variaient avec le caractère et la nature physique du sujet. Toutefois, on reconnaissait en général neuf manières particulières de placer les *mouches.* Les voici :

La passionnée la portait au coin de l'œil;

La majestueuse, presqu'au milieu du front;

L'enjouée, sur le bord de la fossette que forme la joue quand elle rit;

La galante, au milieu de la joue;

La baiseuse, au coin de la bouche;

La gaillarde, sur le nez;

La coquette, sur les lèvres;

La discrète, au-dessous de la lèvre inférieure, vers le menton;

La voleuse, sur un bouton;

La *Bibliothèque des dames* nous apprend tout cela et bien d'autres choses encore. Cet ouvrage, avant que de tomber entre les mains expertes de M. de Resbecq , avait probablement été touché par bon nombre de personnes; mais lui seul en comprit la valeur. Sans lui, il eût été peut-être perdu, ou complètement oublié, ce qui est la même chose, et nous aurions été privés par là de ce précieux monument des mœurs intimes du dix-huitième siècle. Voilà à quoi servent les bibliophiles! Tout le livre de M. de Resbecq est plein de faits analogues : le comique marche côte à côte avec le sérieux, l'agréable s'unit sans cesse à l'utile. Sans contrainte, sans efforts, l'auteur sait

> Passer du grave au doux, du plaisant au sévère.

Aussi, le voyage que nous avons entrepris sous ses auspices, par l'attrait qu'il nous offre personnellement, pourrait bien nous conduire jusqu'au bout du... volume. Longue est la route que nous avons déjà parcourue; et pourtant nous avons à peine effleuré quelques-uns des points placés sur notre itinéraire. En continuant comme nous avons commencé, nous referions le travail de l'auteur : le public pourrait s'en plaindre. Maintenant que la voie est ouverte, que le but est nettement dessiné, il est temps de laisser le lecteur continuer seul cette pérégrination bibliographique et littéraire. Qu'il soit sans crainte : avec la sûreté de coup d'œil, le goût délicat qui distinguent M. de Resbecq, l'ennui, — écueil où sombrent tant de livres, — n'est pas à redouter. Son voyage, plein d'agréments et de découvertes intéressantes, s'effectuera sans encombre. Savant, il se ressouviendra; ignorant, il apprendra.

> Indocti discant, et ament meminisse periti.

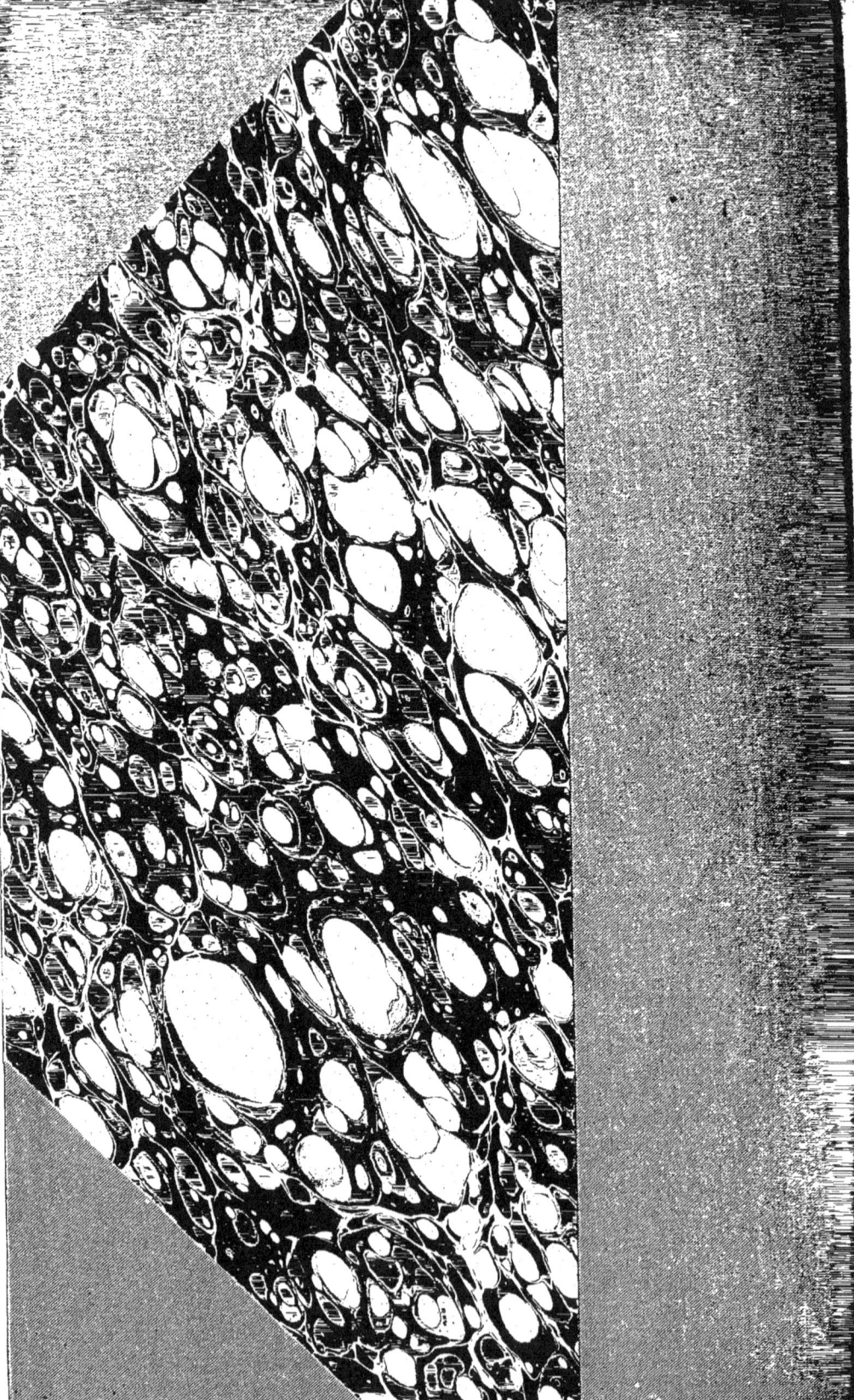